刘磊 著

机杼集

jizhuji

我有一把透明的尺子　透过它我看着世界

百花洲文艺出版社

图书在版编目(CIP)数据

机杼集 / 刘磊著. -- 南昌：百花洲文艺出版社，
2022.1

ISBN 978-7-5500-4494-4

Ⅰ.①机… Ⅱ.①刘… Ⅲ.①诗集-中国-当代
Ⅳ.①I227

中国版本图书馆 CIP 数据核字(2021)第 249747 号

机杼集 刘磊 著
Ji zhu ji

责任编辑 杨 旭
特约编辑 张立云
装帧设计 潇湘悦读
出 版 者 百花洲文艺出版社
社 址 南昌市红谷滩新区世贸路 898 号博能中心一期 A 座 20 楼
电 话 0791-86895108(发行热线)0791-86894717(编辑热线)
邮 编 330038
经 销 全国新华书店
印 刷 长沙市精宏印务有限公司
开 本 889 毫米×1194 毫米 1/32
印 张 6.5
版 次 2022 年 1 月第 1 版第 1 次印刷
字 数 10 千字
书 号 ISBN 978-7-5500-4494-4
定 价 45.00 元

赣版权登字 05-2021-455

网 址 http://www.bhzwy.com
图书若有印装错误,影响阅读,可向承印厂联系调换

目录

MU LU

第一辑 自由诗

第二辑　旧体诗

D第一辑
DIYIJI

自由话

长天下

长天下，
我欲追昔寻梦，
碧水晚来风。
秋瑟瑟，
意重重。

我愿乘薄雾，
驱玉骢，
观太白垂钓，
邀子美听松，
共叙那万古情衷。

回望眼，
多少春风往事，
几度柳郁花荣，
俱付那汩汩溪涧，
夹裹着漂叶流红。

2006 年 10 月

在轮渡上

繁华的都市，
在明灭的灯火里——迷失；
汩汩的江水，
在远近的汽笛间——流逝；
飘忽的——
永恒的——
长明的——
闪烁的——
是什么？
明灭间——
流淌着——
在缥缈的往日……

2006 年 10 月

遥望夜空

我遥望无垠的夜空，万星点点，
每一颗星都是一位思想者，
思索着古老的宇宙该何去何从。
月的光华如同薄纱，
精美、无暇，
给繁星笼上了一层迷惑，
披上了一层朦胧。

2006 年 10 月

沙滩上

有一位美丽的姑娘，
缓缓走在沙滩上。
她的背影如此令人难忘，
就像童年的红风筝，
渐渐远去，
湮没于缥缈的梦……

海浪来了，
又去了，
把一片温情留在了那长长的一串脚印上；
海浪来了，
又去了，
久久重复着舒缓而沉重的节奏。
多情的浪花呀，
你是要重温那夕阳下的诗篇，
还是要抚平这海风里的忧伤？

2006 年 11 月

我把你比作夏夜的繁星

我把你比作夏夜的繁星，
漫漫长夜里点亮万种风情。
我把你比作冬日的红梅，
皑皑白雪间绽放爱的花蕾。

你就像一缕清风吹过，
桃花儿开了，
李花儿谢了，
池水里泛起一串倩影依偎。

你就像一缕清风吹过，
柳絮儿飞着，
榆钱儿舞着，
微波中荡漾一片晚霞明媚。

2006 年 11 月

花丛

清风在细雨间徜徉，
细雨在清风里飘荡。
人在花的耳畔轻声低语，
花在人的心中情深意长。

2007 年 3 月

雨夜

窗外下起了雨，
淅淅沥沥，
恰似他的忧愁，
点点滴滴。
风声缕缕，
好像回忆，
连缀着雨珠，
镶嵌在这夜的静谧。

上次雨来时，
你们相对而泣，
世事常无奈，
总要别离。
伴你的每一刻，
他都铭记，
念你的每一秒，
都等待着奇迹。

他掐指企盼，
爱的归期，
他望眼欲穿，

情正凄迷，
就像云深处的星辰，
又像一阵阵的叹息，
在风里徘徊，
在雨中匿迹……

2007 年 6 月

是谁

是谁，
摘走了他心田里的玫瑰，
是谁，
窥入了他虚掩的心扉，
让他累，
让他醉。

他梦着，
他爱着，
澎湃，梦的潮水，
激荡，爱在放飞！

时光，
他的回味，
命运，
他相追随。
湍流里闪烁，
曦光明媚，
微风中摇曳，
点点蓓蕾。

2008 年 5 月

清风徐徐

清风徐徐，
吹抚着天上的星，
吹抚着心里的情，
他在这长空下，
倚着晚亭。

溪流婉转，
摇曳着天上的星，
摇曳着心里的情，
他在这长空下，
享着安宁。

杨柳扶疏，
掩映着天上的星，
掩映着心里的情，
他在这长空下，
待着夜莺。

2008 年 5 月

黄河

黄河！
你从云天奔来，
激起万里的尘埃，
你从不退缩，
用九曲长途
喊出你亘古不变的壮阔，
你是河流的王！

黄河！
你心怀着当世，
你牵挂着未来，
你把你的万里情长
刻写在黄土高坡，
你是民族的王！

黄河！
你思考着大地，
你冥想着九天，
你用奔腾的脉膊
向着天地的幽深处求索，
你是宇宙的王！

2008 年 6 月

透明的尺子

我有一把透明的尺子，
透过它我看着世界。
人物、树木和欢娱的鸟儿，
在自己的刻度旁思索、守望，
或者像放飞的风筝，
在寂寞的远天回望着家。

尺子上的刻度，
整整齐齐，
就像一辆待发的长列，
它是要开往永恒的秩序、丰美的园田，
还是要开往思想的桎梏、不解的凄迷？

2008 年 9 月

黄昏

黄昏的油彩涂抹在无垠的大地上,
深沉的绿的思索,
忧伤的黄的爱恋。
村舍的炊烟升腾在无风的秋空中,
被神秘的力擎上寂寞的高天。
远山在目力朦胧的云际蔓延,
你艰难的足迹似乎诉说着人类懵懂的童年。

鲜红的夕阳,
你是盛装的新娘,
蜿蜒的河川也迷恋着你的容颜。
手托着渐熄的红烛,
厌倦了世间的哗喧,
你走向万星低语的夜,
走进梦幻里的故园。

2008 年 9 月

纸鹤

纸鹤,
你一身洁白的素衣,
摇曳在夏风间。
你秀美的身姿,
定是纤纤细手的杰作,
在旖旎的风光里展示着舞步的翩跹。
你清丽的目光,
胜过脉脉秋水,
诉说着怎样的豆蔻华年!

纸鹤,
你的摇曳舒缓而有节奏,
好似爱的信使在天堂里荡着秋千。
你的摇曳轻灵而有章法,
好似在小溪里静静流淌的诗情,
又似在夜幕下轻轻吹拂的情怨。

然而在一片祥和之中,
是谁送来了一阵杂乱的震颤?
是乖戾的群魔奴役了柔弱的夏风,
还是无奈的信使诉说了爱的夭折、世情的变迁?
骚动的溪流,
迷乱的夜,

是谁折断了梦里的秋千？

纸鹤，
你依旧摇曳，
你摇曳着苦苦的思念，
摇曳着炽热的爱恋，
摇曳着一个永远的迷团。

2008 年 9 月

呐喊

我曾经对着夜空呐喊，
熟悉的嗓音在胸中激起层层波澜。
星星在眨，
在闪，
有的近，
有的远，
有的隐，
有的现。
不知它们是否听到了我的呐喊，
只是若无其事地戏耍在云间。
我的呐喊，
激越、
高远，
是惆怅，
还是哀怨？
我已在朦胧中淡忘，
惟有岁月的无奈和记忆的斑斓。

2008 年 9 月

星星的眼

看你看你星星的眼，
听你听你大海的波澜。
你的发，
你的脸，
你的灿烂笑颜。
你倚着栏杆，
画的静娴；
你枕着云端，
月的婵娟……
教我怎能不思念，
使我只能徒然地呼唤！
你在云里，
你在天边，
你在万千情愁的变幻间！

2008 年 10 月

雨中

寂寞的我在雨中哭泣，
房檐下一串串雨滴在叹息。
萧萧长天愁云不展，
瑟瑟梧桐孤独地伫立。

泪融入雨，
雨汇成溪；
雨和着心，
泪依着雨。

我徒拭泪眼，
一片凄迷，
我不愿离别，
悲情万缕。

苍茫的宇宙啊，
万籁俱寂；
深沉的自然啊，
此刻只有我和你！

2008 年 11 月

昨夜梦

昨夜我做了一个梦，
你的明眸里泪花涌动。
愁颜沐浴着月亮的银辉，
私语随着花香吹送。
是谁在撩动你的秀发，
是我的思念，
是盛夏的风，
寓热情，
显躁动，
表思恋，
存情衷。
风中小小绿叶，
爱在天涯能懂。
它会寄去心事，
它可带回心声。
我愿彩云载你回来，
我愿春雨呵护你的娇容，
泪眼中烟云散去，
耳畔只有小溪流动，
开小窗我惺忪望去，
小溪里片片落红。

2008 年 11 月

冬天的原野

我爱冬天的原野，
原野里有个悠远的梦，
寒风的吟咏是最睿智的语言，
皑皑白雪下大地的思想在翻腾！

最后一片叶子也说了再见，
脱尽浮华的树木愈显峥嵘。
它们了却了对过去的牵挂，
哲人般默然不动灵魂却在远征。

我掬一捧雪吻在唇边，
听到大自然的心跳声，
我忆几缕愁融在心间，
爱的种子又重萌。

在黑夜里呵护着阳光，
这就是人生。
在冬日里爱恋着春风，
这就是永恒！

2008 年 12 月

夜空

夜空里流星划过，
天使你为何落泪？
密云遮住了明月，
天使你可也有追悔？
我爱恋着夜风，
我思慕着晨曦，
我的清影与我一路相随。
童年的梦想，
长大后的劳累，
懵懂的稚嫩，
成熟的憔悴。
我曾爱听外婆讲的故事，
朦胧间伴我入睡。
入睡时亦真亦幻，
只记得有梦想在追。
倏忽间二十年流过，
旅途上有夏雨的激荡，
也有春花的葳蕤。
我回首顾盼，
褪色的百味，
我侧耳倾听，
飘渺的乐声在低回……

2008 年 12 月

奥赛罗

奥赛罗，
一个遥远的名字，
一个胜利者和失败者，
悔恨的涌泉里我看到你的影子，
披肩散发，
浑浑噩噩。
你蓬乱的头发被流水梳理了千年，
你凝滞的双眼被光影涤荡了万载，
可你依旧不减那亘古的困惑。
你杀死了"背叛者"，
原来自己是背叛者，
你的怒火似可让这世界付之一炬，
原来悔恨更让你肝肠寸割。
从不流泪的磐石啊，
泪水要让这石穿、将你消磨，
不知失败的战神啊，
魔鬼欲让这神败、将你俘获。
你问茫茫宇宙，
这到底是为什么，
你问四方神明，
这到底是谁的错！
哎，
你在流年里洗涤血痕，

你在悔恨中企求爱妻的宽赦。
然而你踌躇了，
到底什么是爱，
难道这不是天地间最艰深的问题吗？
你已无力去思考，
拖着千年的疲惫，
吟起万古的悲歌。

2008 年 12 月

望月

我仰望众星所归的明月，
心中不禁涌出人生的百味。
这云里的婵娟，
曾让多少人流泪。
那梦里的感念，
曾让多少人心碎。
我似乎听到苏子的吟咏，
太白的感喟，
顺着岁月的长河，
漂流到今，
在月下低回。
我用我的一颗心相和，
我用我的一片情相随，
我用我的双眼，
回望千年的明昧。
幻化的沧海，
嬗变的喜悲，
不变的只有这月光，
像薄纱，
像迷雾，
更像穿石的流水，
让我心伤，
让我久久难寐。

2009 年 2 月

竹海

对不起，
我来晚了，
浙西的竹海。
二十年后，
我记起了我们的约定，
奔波到了这尘嚣外。
清风带着天籁吹来，
每一棵竹子都焕发出奕奕的神采。
绿是这里的主宰，
洇染到溪流，
化作七彩，
沁在我的心脾，
蔓延到千山外。
我回首体悟，
窃窃风语，
沙沙叶吻，
鸟儿的歌声多么欢快！
啊，
浙西的竹海，
你是一幅画，
透着天降的明快，

你是一首诗，
律动着生命的节拍。
我放眼看，
我侧耳听，
我捧出一颗心来感受你似水的情怀！

2009 年 3 月

故宫

我踏入故宫的门槛，
如打开了一本厚重的书。

重重的殿宇闪耀着王朝的荣光，
却装不下民族的悲苦。

年迈的石板近在脚下，
铺就了一条通向过去的路。

雕栏玉砌间牵挂着理不清的幽思，
青天上鸽群还在追逐。

御花园里是闲适还是算不尽的心机，
秋风中几株嶙峋的老树。

我迈出故宫的门槛，
似合上了这本厚重的书。

2009 年 3 月

爱的天使

你说蓝天永远是幸福的，
因为它依偎着洁白的云；
你说流云永远是自由的，
因为它与快活的你心心相印。

你是快活的风，
吹过这片小树林；
你是快活的雨，
抚摩着这座小山村。

你是爱的天使，
手捧着天堂的书信；
你是爱的天使，
撒下音符鼓动火热的心。

我应该拿什么来比喻你，
是蔚蓝的天还是飘荡的云？
我应该用什么来赞美你，
是春风春雨还是天堂的福音？

2009 年 3 月

孤独的山岭

孤独的山岭

在莽原上张开臂膀

你不知过去

也不知未来

只在繁星闪耀的夜里

叹息

沉重

深沉

无人能解其中的含义

北风

凛冽的北风

你姑且当作披纱

也许只有严寒

能够懂得你的高贵与孤独

你是大漠上的英豪

从来没有泪

永远高昂着头

望着长天

2009 年 3 月

植树节

植树节的上午，
清风吹来百花香，
我们集合春姑娘的队伍，
一起来到荒山旁。
铁锨，
水桶，
小树苗，
都请出了我们的百宝箱。
劳动，
欢歌，
畅想，
梦在高翔。
我们要把绿的希望撒遍原野，
我们要把爱的旗帜插满山冈！

植树节的下午，
我们的干劲越发高涨。
我们数着新栽的小树，
小树向着太阳挺拔着胸膛。
一棵，
两棵，

三棵……

棵棵都是意气风发的摸样！

我们数着天上的白云，

白云伴着春风自由地飘荡，

一朵，

两朵，

三朵……

朵朵都是洁白无暇的梦想！

植树，

多么欢畅，

劳动，

多么荣光，

我们要给小鸟们一个家，

我们要为大地做件绿衣裳！

植树节的夜晚，

我们很快进入梦乡。

森林女神邀我们去做客，

看她的眼睛，

水汪汪，

看她的宫殿，

亮堂堂。

她拿起黄金壶，

为客人们斟满琼浆，

她举起水晶杯，

甜美的嗓音飘荡四方：

让世界有更多绿，

这是大自然的主张！
让人间有更多爱，
这是众神仙的愿望！
只要大家都参与，
黑夜里亦会有阳光，
只要我们齐努力，
人世间也能如天堂！
霎时间，
众芳竞开，
争吐馨香，
奇花异草，
满目琳琅。
花草间幻化出成群的仙子，
婆娑起舞，
风展霓裳，
丽影间萦绕着缥缈的云雾，
云雾里闪烁着璀璨的霞光……

2009 年 3 月

齐天大圣孙悟空

极远的山峰，
萦绕着变幻的云霓，
西方的禽鸟，
万里而来，
口衔的是极乐的丰腴。

金箍棒在山峦间翻滚，
万古的神物企盼着千年的归期。
铿锵连响，
发出的，
是天籁的落寞还是碎语的真谛？

遥想西行当年，
多少苦霜戚雨。
魑魅魍魉，
百惑千威，
多少次身困绝域？

万般的磨难，
磨出行者的无惧，
死亡的黑暗，

难遮正义之眼，
更使你金睛如炬！

2009 年 3 月

雪花纷飞

雪花纷飞当是天堂的使者，
娴静优雅迈着云阙的舞步。
尘世里万千烦忧命途坎坷，
赖有你皓洁的心胸听我倾诉。

你总是驾着风在望眼中闪烁，
人们难以描摹你的天路。
飘转的行程就像思想的圣河，
莽莽松林掩映你的归处。

2009 年 5 月

我依恋着春天

我依恋着春天，
我的依恋是雏燕的娇语，
是小草的懵懂，
是侧耳的倾听，
和莞尔的一笑。
笑着抚摸春风，
噙着春雨；
春雨，是什么？
是幻化的琼浆，
是飘渺的遐想，
还是夹着苦涩的回忆？
回忆这三十年的春天，
三十级的音符，
和着自然的节奏，
在光阴的身躯上，
涂抹着永逝永存的油彩，
又幻化作精美的竖琴，
金灿灿，
众神的御色；
在这横亘三界的艺廊，
每一个人，

男人和女人，

都是操琴的乐手，

每一个音符，

都在大自然里，

跳跃、升腾，

幻化做万象，

流溯至太古的始基，

春天的纪年，

混沌的蒙初，

而每个人都要回来，

依恋着他的春天和她的春天，

就像廿一世纪的我……

是昨天，

是今天，

又是明天，

不是昨天，

不是今天，

又不是明天，

是不可破解的春天……

2009 年 5 月

大海

大海，
她的名字，
从遥远的童年传来，
她的身影，
在咫尺的眼前澎湃。
伴着一首歌，
故乡的情愁，
在明眸间闪过，
在秀发间播撒，
在浪花里往来。
她在她的眼前，
她在她的心间，
海浪的飞沫袭来，
是肌肤的触摸，
狂野中的温存，
是最本真的爱！
海鸥在飞旋，
海燕在呼喊，
乌云的眼泪能否屏住，
暴风雨的苦涩，
是否要在今晚纵情地倾诉？

狂飙夹裹着狂潮，

呜咽浸透着离情，

呼啸，

呼啸，

这是宇宙的爱！

海鸥在盘旋，

海燕在低飞，

在冥冥的大海上，

分担着母亲的苦难，

分享着母亲的光荣！

而她，

瑟瑟地站在狼藉的海滩上，

泪眼凝视着家。

她无法与母亲亲近，

只有星星点点的肌肤的接触，

和一首幽怨的歌。

离家的日子，

奔走的年华，

驾着长长的列车，

轰鸣着、嘶叫着，

从她的眸间驶过，

一阵阵，

簌簌地，

泪花飘落，

浸润了大海，

她的母亲，

心灵的家。

可是，
她也肩负着母亲的嘱托，
她也肩负着母亲的光荣，
怎可辱没高贵的门第？
起来！
起来！
这是大海的涛声，
这是海鸥的啼鸣和海燕的歌唱。
起来！
起来！
这是母亲的声音！
这是姐妹的呼喊！
风雨来，
风雨行，
一件件童年往事，
一缕缕青春的思绪，
在海潮间穿梭，
就像彩色的丝带，
飘飞在母亲的裙裾间……

2010 年 10 月

钢铁

铁匠铺里热气滚滚，
让人窒息。
铁匠抡起大锤，
铛，铛，
通红的钢铁蕴蓄着自然的伟力。
它会成为锄，
还是犁；
它会成为剑，
还是戟。
它若成为锄犁，
将终生踯躅在土地；
它若成为剑戟，
将不得不蹂躏血肉的身躯。
它是天生的尊者，
怎可终生踯躅在土地？
它是天生的善者，
怎可蹂躏血肉的身躯？
铁匠抡起大锤，
铛，铛，
通红的钢铁蕴蓄着自然的伟力，
就像浩浩的历史，

雄壮、伟大，
然而却不知何从何去。

2010 年 10 月

爱风的小树林

有一片小树林，
生长在郊外。
她不羡慕都市的繁华，
更喜欢在乡间自由自在。
清新的早晨，
她披上白纱，
天降的雾霭。
旖旎的上午，
她着上花裙，
春天的神采！
闲适的午后，
她听着小鸟哼的歌，
一串串轻盈的节拍。
然而她似乎还不够快乐，
流金的阳光，
流银的溪水，
都不能让她开怀。
风来了，
哗啦啦，
她向着幸福招手，
她的笑声多么欢快！

原来她更爱风，

一直盼望着风儿来。

风中的小树林在舞蹈，

在歌唱，

她的花冠焕发出七色光彩！

夜幕降临了，

小树林与风儿依依惜别，

满脸的无奈。

他是她的恋人，

千里来此，

为了大自然的爱。

夜深了，

郊外成了寂寞的海。

可是美丽的小树林，

请你不要忧伤，

弯弯的月亮告诉我，

眨眼的星星也相信，

风儿明天定再来！

2010 年 10 月

石下的小草

风雨中，
造化接你来到这个世上。
清风是一座灯塔，
指引你生长的路程；
细雨充满了爱意，
滋养你的躯体和柔弱的心。
命运向你发起淫威，
用棍子打你，
用鞭子抽你，
厉声问你：服不服？
你昂首答道：不服！

2010 年 11 月

白昼里

白昼里，
造化之眼俯视着人类，
目光炯炯，
燃烧着急切的火焰；
众生之眼回溯着天降的光阴，
向着昨天，
一场梦，
向着明天，
一片浮云，
和一阵漫卷的黄沙。
古人说，
黄沙是神灵的暴怒；
今人说，
黄沙是地球的肤疾；
哲人说，
黄沙是理性坍塌时的碎屑，
太古诗篇的逸章。
他们云游四海，
从诞生之日起就开始了神圣的征途。
陆地上，
他们是叛逆的精灵，

挣脱家族的禁锢；

海洋上，

他们是爱的使者，

为母亲带来了父亲的吻。

阳光下，

他们是迷乱理性的妖魔，

月色里，

他们是摇曳纯美的清波——

此刻，

没有势力的眼睛能够嗤笑这些粗糙的容颜；

此刻，

他们剥离了凡俗，

只剩激荡的心和不朽的魂。

黄沙飞腾，

阵阵都是黄土地的叹息，

黄沙漫卷，

颗颗都是黄土地的泪珠，

然而他们并非只有泪，

每一颗都是一种追求，

每一粒都为一个希望，

鼓动着羽翼，

寻找明天的归宿和昨日的家园，

只为在那复乐园的一天，

投入了一片绿洲，

停止了劳顿的旅途。

2010 年 11 月

海棠花

我爱光，
我爱影，
光让我领略你的美丽，
影使我回避你的无情。
我对你的思念是一弯清泉，
汩汩的幽怨，
潺潺的眷恋，
不掺一丝杂质，
泛着悸动的鳞光，
把光华中的爱意藏在波心里，
希冀着从哀婉的落花那里探得你的讯息，
她却只把沁着流芳的眼泪，
撒向理不清的思绪，
那是天降的朝露，
大地母亲保育的青春，
在理性的光焰下升腾，
幸免一丝残迹，
托付给这浅浅的涓流。
我的思念，
也就是我的本身，
悸动着凌乱的杂纹，

感念着不可琢磨的风，
感念她的深刻，
与寡情，
感念着她的沉静，
与力量，
游鱼也不能懂我，
唯有她，
虽然扰乱着我的心，
却验证着一种不可琢磨的追寻。

2010 年 11 月

爱的迷途

茫茫人海中，
谁来抚慰你的心？
二十年的期待，
不变的是追寻。
熙熙攘攘，
众生往来，
浮光掠影，
凡情浮动。
人类是海洋，
每一滴水都有一颗心，
奔波十万里，
只为了一个约定。
而那是否是一个约定？
百年的沧桑，
心潮随着波涛暗涌，
伤情伴着流沙积淀，
一次次追问，
追问宇宙，
追问人生，
追问不可解之解，
只为爱，

千年的期盼，
回荡在沧溟里，
闪烁在星光间。
有人说，
解开尘世的迷惑需要四十年，
领悟天降的使命需要五十年，
那么，
探得爱的讯息需要多少华年？
为何在岁月的川流中，
人们都成为爱的愚者，
难道爱是晶莹的冰，
在阳光下消融，
在月光中闪烁？

2010 年 11 月

杜鹃花

我对你的爱恋，
是一泓清泉，
不掺杂一粒泥沙，
却依偎着泥沙流淌，
不愿嫉妒，
却在嫉妒的迷雾中，
陶醉于你绰约的身姿。
我对你的爱恋，
是一弯红月亮，
为纯情所染，
抛下虚无的白纱，
给天下失意者撒上一层薄雾。
山前的古堡，
溪畔的松林，
和窗前的吟咏者。
时钟的滴答，
是心的悸动，
远逝的歌声，
是爱的叹息，
而一切又在朝晖下消散，
消散于你灿烂的笑容。

而我不能独享你的笑容，
正如我不能独享朝晖，
要让它滋养万物，
给众生带来快乐，
让草儿生长，
让花儿绽放，
让溪流泛起清波，
而我，
只有走遍全世界，
在每个角落里探寻你的芳迹，
才能得到完整的你，
和完整的爱。

2010 年 11 月

九寨沟

我在美的怀抱中依偎，
在美的光华里流连；
我呼吸着美的空气，
畅饮着美的甘泉。

于是美进入了我的身体，
滋润着我的心田；
美主宰了我的本身，
成为了我的生命之源。

这源泉涌动，
波心里浮动着你的娇颜，
你是蜀地的灵宝，
天仙遗落的缕缕彩练。

我的心充满疑惑，
你是天国的香荃，
美本身的姐妹，
为何对凡尘如此的眷恋？

我的心充满不解，

你本是天仙的妆奁，
远离了人间的情愁，
凡尘的悲欢又让你情何以堪！

人间的至美接连着凄凉，
正如人间的至善往往身陷狂澜。
而我最不能原谅自己，
我怎能仅仅用美来赞颂美的本原？

用最宏富的语言来赞颂最崇高的美，
这是我的夙愿，
与阵阵微风一起，
时时拨动我的心弦。

我赞颂你青翠的树木，
轻灵的流水流淌过我的耳边；
我赞颂你争妍的花朵，
又忽略了秀美的山峦。

我搜集了人类所有的词汇，
要为你编织最多彩的荣冠，
却发现我辈的视野是如此狭隘，
容纳不下这众多的珠玉相联。

繁冗的语言无法把你表达，
平凡的心灵只能将你仰瞻，
你高贵的面容三分惠临下界，

而七分留恋着上天。

你是通向至美的路，
你是涤尽杂念的泉，
你不知时间为何物，
联通着有限与无限。

2010 年 11 月

梦

清丽的群山萦绕着红霞，
就像妙龄的少女整理着飘逸的丝巾，
又仿佛是梦中的圣地，
红彤彤是仙界激情的歌吟。

我挥舞我的冬帽，
颤抖着我的躯体悸动着我的心。
我陶醉在你的秀美迷离在我的梦幻，
飘飘然乘上了一朵童年飘来的云。

长河奔流骤而下泄，
飞瀑千里是你无双的果敢。
奇花珍木繁华无间，
郁郁葱葱是善与美的姻缘。

小溪穿插于重峦，
溪头飘展着酒幡。
这是为太白而备，
他是这梦境的证人和一位不撒谎的酒仙。

我临窗而坐听凭微风拂过，

娇花窈窕嫩草婆娑，
流岚扑朔着讯息，
一片迷离里小溪泛起了微波。

恍惚中我看见了你，
一朵玉英在春风里飞过，
我夺步而追，
霎那间一片江宽海阔。

梦里的情感最是强烈，
因为彼岸的青山上攀附着此岸的藤萝；
梦里的笑容最是灿烂，
因为我们从未如此贴近真实的生活。

2010 年 11 月

我活在世上

我活在世上，
忙忙碌碌，
终年四季，
直到有一天，
我见到了真理。
我哭了，
发现以前的泪水，
就像清泉，
纯洁，
而且充满了意义。

2010 年 11 月

他将你的影像藏在心间

冬日里的篝火，
舞动着红焰，
人们欢声歌唱，
歌唱声传向遥远的夜空，
缥缈间与醉人的往昔相连。

一次次，
你们徜徉在杨柳岸，
轻轻地 你告诉他你的心愿，
伴着微风阵阵，
还有那溪流缓缓。

你愿与他同看日出，
在泰山之巅，
重山依偎，
重岚迷漫，
唯有你和他，以及大自然。

你愿与他一同耕耘，
在生活的园田，
给每一只鸟儿一棵安巢的树，

给每一片落蕊一个归宿，
在梦里的伊甸园。

你愿与他一次次，
徜徉在这杨柳岸，
听百花用芬芳说话，
看游鱼玩耍着鳞光，
遣一缕清风把幸福的诗句写到天边。

而今他却只能叹息于这易逝的情缘，
在梦里重温那已经破灭的梦幻。
命运成了他的仇雠，
星宿成了他的妒者，
滚滚红尘散尽　只剩那愁情万般。

他依然深爱着你，
却只能把你的影像藏在心间。
每当他面对激情的火，
与柔情的波，
不禁将它取出泪眼相观。

2011 年 1 月

烟花·飞扬

烟花，

飞扬，

飞过无涯的夜，

飞过漫漫尘埃，

在幽冥中划下一个大大的问号，

于喧嚣中弥散，

弥散在寒风里……

这可是我的青春

在宇宙间鸣响？

激情、激荡，

激荡在峥嵘岁月里，

激情、激扬，

激扬在万种情长！

烟花，

还在飞扬，

在璀璨中追问何为荣光，

在湮没间追问何为永恒，

追问星辰，

追问流云，

追问不灭的天国之火，

追问神的晦涩思绪。

喧嚣阵阵，

凡尘的眼睛在等待一个回答。

烟花，

飞扬！

烟花，

飞扬⋯⋯

2011 年 2 月

在爆竹的鸣响中

在爆竹的鸣响中辞别旧岁的遗梦，
一步步，
走向幽邃的夜空。
在烟花的魅影中触摸新春的指尖，
一点点，
点透我心中的绿。

于是我的心中有了一片绿，
大自然的御色，
在万千生命中闪光，
在辉煌荟萃处辉煌，
点拨我的心智，
撩动我的心弦，
奏出一首动听的乐曲……

我在曲声婉转处思考，
在曲声悠扬处呐喊，
喊出一片深情，
恰如红花朵朵，
在这造化间盛开，
又在这造化间消磨，

洪声渐歇处依然是生命的底色。

我凝视，
一任岁月荏苒，
光阴穿梭，
那是奔腾的迷雾，
那是荟萃的星光，
那是呼啸的烈火。

烈火熊熊舞动，
化作万千祝福，
我与新春手挽手，
迎面阵阵清风……

2011 年 2 月

光阴

光阴是什么？
是光辉在明灭间转换，
是红烛在摇曳中流散，
流散至昨夜的欢歌，
化作杯中的离情万千。

光阴曾似万马驰骋，
银蹄下戈壁成绿园。
光阴曾似长瀑飞腾，
珍珠玉带旁有柔情缱绻。

我曾追忆往昔的岁月，
逆着光阴的洪流感受它的柔波，
眼里但见玉波红梅，
风凛冽、和着羌笛的晚歌。

光阴也曾似蜘蛛的银网，
在风雨中残破，
用今天修补着昨天，
用昨天设计着明天，
把生活中的碎屑俘获，

一点点快慰在微光中闪烁，
一点点悲戚在月色下挣脱。

我们的心在老去，
我们的心更坚强，
我们的心试图分清苦和乐，
而只有光阴自己是最后的勇者，
破败、
零落、
重生、
开拓……

2011 年 2 月

垂柳照水

垂柳照水，
又见烟云往事，
就如同珠联的泡泡，
在水草间寻梦。
微波初泛，
托起无端倩影，
就好像朦胧的情缘，
没有因由也不见始终。
倩影居住在波心，
揉碎一片幽怨，
播撒一串心愿，
依稀间明辨昨日的懵懂。

我在微波间泛舟，
我在心愿间求证，
于你的微波之上铺就我的微波，
在你的心愿旁安放我的心愿，
伴着一片赤诚，
求索、升腾。
微波不住，
是皱起的眉头紧锁，

是抚不平的幽怨重重，
在心愿的点缀下泛起微光，
于微光里恍见昨日的你，
我的心砰然悸动。

一种离情，
两相映照。
垂柳的疏枝，
书写着心语。
碧波荡漾，
思绪连绵，
爱人不知在何方，
唯有一纸信笺。
鸿雁衔情，
情衷远寄，
云天外但见另一片云天……

2011 年 2 月

黄河之歌

黄河！黄河！
千里波涛激荡，
万里长风相和，
谁可比你的雄浑、
你的气魄？
脚踏着奇峰而行，
你是天界的舞者。
重峦间步出九曲的节拍，
云霓间离情闪烁。
你是至刚的强者，
却更懂柔情，
就好像凌寒的红梅朵朵。

黄河！黄河！
你是多情的仁者，
又似睿智的先哲。
你告别广袤的高原，
把惜别之意融入清流，
从此变得不可捉摸。
壮美、不羁，
豁达、莫测，

作为一个谜团去嘲笑碌碌庸者。

黄河！黄河！
你的高贵从未被玷辱，
你的意志从未被消磨，
你同于泥淖，
却不和于污浊，
你志向高远、
练达，
健硕！
湍流是你敏捷的思绪，
大地证明你的广博。
让山峦回响你的涛声，
让繁星传述你的神话，
让这奇伟的乐章向宇宙的幽冥处远播！

2011 年 2 月

风筝

我曾把一架风筝，
放飞在碧空之上。
让它代我亲吻白云，
亲近蓝天，
依偎着风儿把梦想勾画。
梦想近在手中，
却又远在高天。
梦想难以掌控，
却又得以触摸。
最真实的是这架风筝，
它牵动着我的脉搏；
最虚幻的也是这架风筝，
使我不敢稍松双手，
唯恐它幻化而去。
然而，
它毕竟与我一脉相连，
让我长久地畅想，
在天空与大地之间。

2011 年 2 月

比冻土更坚硬

比冻土更坚硬，
你击碎严寒的封锁，
穿越冬日的迷茫；
比微风更柔弱，
你服从春天的意志，
脱下战甲换上绸缎衣裳。
你把冬日里的严峻思考，
深深地扎进大地，
而把劫后的柔情，
写在绿波上。

2011 年 2 月

苹果树

远远地看那一片苹果树，
就像是一片火。
没有把如火的激情，
化作伟岸的身躯，
与天诉说，
却化作，
人世间，
红红的硕果。

2011 年 2 月

雪花纷纷落下

雪花纷纷落下，
在某种力量的驱使下，
东奔西突，
不知所趋。
它们是在追问，
追问真与美的方向，
追问善与恶的缘由，
落在我们的面颊上，
在人类的体温中融化。
面对大自然，
我们有愧吗？

2011 年 2 月

知了与青蛙

盛夏的树梢上，
知了在博弈。
用了未破解的神秘语言，
争吵着它们的重大问题。
引来几只好奇的青蛙，
神色庄重，
疑问在气袋里均匀地喘气。
它们摇头弄腿，
挤眉瞪眼，
不知个中含义，
咕呱，
咕呱，
快快回到池塘里。

2011 年 2 月

一株小花

一株小花，
曾经沉睡在大地的襁褓中，
感受他执着的精神，
与博大的胸怀，
体悟他深邃的思想，
和深沉的爱。
一株小花，
曾经把满腔的热情，
藏在蓓蕾里，
不知是出于娇羞，
还是惧怕，
另一个世界里的智慧与美貌，
在此会不会显得无知且无奈？
然而她终于，
把一片芬芳播撒在这个世界，
把一腔热情隆重地绽开。
清晨的露水，
轻吻在她的面颊，
向着朝阳，
露出真善美的华彩。
清风之侧，

她就像一首美妙的乐曲，
轻灵而明快！

2011 年 2 月

镜子

每个人的心中都有一个宇宙，
上面悬着一片天，
下面浮着一片地，
天地间都有一把镜子，
镜子前游戏着你我他。

我们常常在镜子里瞧着这个世界，
又常常把这世界倒转，
于是上面悬着的不再是天，
下面浮着的不再是地。

我们的镜子能够容纳不尽的光辉，
能够容纳说不清的人物和风景，
却容纳不了我们的疑惑，
一个大大的问号撑得镜子变了形。

我们由此愤怒和无状，
把镜子扔进垃圾堆。
我们更加空虚和无措，
而那镜子却在最卑微的角落，
成为一位思想者。

我们把镜子请进厅堂，

做出鬼脸，

用扭曲的面容对着这扭曲的光景，

且看这镜中的世界到底有多大，

到底有多小，

到底有多真，

到底有多假。

2011 年 2 月

子牙河口 ①

水波粼粼，
光影弥漫，
一遍遍，
曦光里的童年懵懂，
一阵阵，
鸥啼中的往事如烟。

涟漪承载着暮色，
荡漾、荡漾、润湿的画卷……
游鱼在水草间徜徉，
它们从大海回溯而来，
它们从山间跋涉至此，
在这水流交汇的河口，
它们发现了什么，
是冥冥中的归宿，
亦或是生命中的驿站。

海鸥高翔，
划过蓝天，

---

① 子牙河，河流名，流经天津市。

内心里的轻柔，
身形中的矫健。
群体的律动，
与高楼广厦相望，
孤影的飞舞，
与游人碎语擦肩。
邻水矗立的纪念碑，
没有高耸入云的身躯，
却在时光中坚守，
讲述着人间的佳话，
昨天的故事里，
柔情缱绻，
思绪纤纤……

2021 年 2 月

冬日的午后

冬日的午后，
光影熹微，
薄雾皑皑。
群楼错落，
远近相间，
鸽群闲适，
高下往来，
托举着尘世间的希冀，
含纳着浮生中的阴霾，
伴随着稀疏的哨声，
悸动着远观者的胸怀。

果壳里的宇宙，
光影无限，
书册间的历史，
白驹过隙。
回望千年的祈愿，
风华绝代，
感喟凄迷。
追思百代的深情，
须发间的光阴，

望眼中的迷离。

梦境中的步履，
善的寄托，
美的痕迹。
追寻龙凤的血脉，
三皇、五帝，
观黄山云海，
泰山晨曦。

2021 年 2 月

天塔

碧波荡漾，
与微风的细语相应和；
杨柳吹拂，
倩影在游人的心绪间往来交错。

笔直的塔身，
在水光中屹立，
水光潋滟里，
伟岸的身躯也化作妩媚婀娜。

往事如烟，
五味起落。
乘云梯升上塔顶，
眼见繁华扰攘，
悸动着凡尘里的落寞。

高耸的大厦，
放低了身躯，
这才见，
高耸入云者，
也从未远离脚下的土地。

都市间的湖光山色，
镶嵌着亭台轩榭，
雕船画舫，
喧嚣中的一缕清风，
把重重心事揉碎，
飘洒在岁月连廊。

海河如练，
它的蜿蜒身态，
让大自然的清流有了时间思考。
水汽浸润，
它的豁达神情，
让尘世的众生徜徉进一片烟波浩渺。
曲折徘徊，
水色清奇，
往事悠悠，
前路迢迢……

2021 年 2 月

红月

红月东升，
倩影梢头，
脱去了昨日的烦恼，
穿就了今夜的锦衣。

花影暗淡，
微染暖色；
暗香飘送，
携着深情款款，
也夹杂着愁情落寞。

远处的高楼，
巍峨耸峙，
灯火绵延，
喧嚣消逝。

在这夜色中遥思，
沉静而悠远，
犹如花草间的萤火，
时而安详静谧，
时而舞步翩跹。

我举头远眺，
市井烟火，
灯光点点；
绵延至夜空，
与繁星相接，
天上人间，
神情难辨。
看这稀疏夜景，
高下相望，
风中情意，
天人相连，
俱在这红月熹光里，
吹送连绵……

2021 年 2 月

狮子林桥 ①

熙熙攘攘，
往来交通；
风月功名，
车水马龙。
威武白玉狮，
桥头颔首，
翩翩恋水舟，
荷畔明眸。

天津之眼，
飞架海河的摩天轮，
几多童趣烂漫，
几多过客望眼，
遥对这狮林渡所，
眉目间落花纷纷。

石狮、铁狮，
逾百逾千，
形态各异，

---

① 狮子林桥，天津市海河桥梁名。

神思经年；
伴水而居，
枕水而眠，
恍惚中沧桑万世，
梦眼里舞动翩跹。

我在桥上漫步，
见万千楼宇，
远近相连；
晴空写意，
阴雨书篇。
桥下涓流返照，
气韵款款；
水光潋滟，
人意阑珊。
见自然闲趣，
随风飘洒，
传情次次，
会意番番。

2021 年 3 月

盘山

京东盘山，
蜿蜒千里，
海河之侧，
神秀之居。

飞泉流瀑，
涤荡着尘世之路，
在苍松间穿行，
在奇石边回响，
滋润着山间万物。

苍松有意，
青翠绵延，
浸染着青冥底色，
挈息于峭壁山巅。
奇石常思，
情愁幻化，
辗转在春露秋霜，
迷恋于水月经年。

河海汇聚自然的气魄，

山川融汇造化的恩泽。
这山间的水汽，
氤氲环绕，
化作雨中的轻拍，
化作风中的羞涩；
见山前岭后，
薄雾缭绕，
花前月下，
余韵袅袅。

莺雀在朝露间寄宿，
游鱼在晚霜间腾跃；
松柏侧秋风簌簌，
累月间又有瑞雪银花飞掠。
都市的扰攘倦怠了双眼，
今又见晚晴图卷；
尘世里喧嚣悸动，
闲适间山水相连。

2021 年 3 月

外白渡桥①

江风吹送，
思绪飘零，
霓虹间情愁婉转，
醉眼里烟雨朦胧。

凭栏远眺，
粼光飞度；
高楼广厦，
气息相促。
天清云淡，
红日东出；
人流攒动，
车行往复。
但见神秀之气凝聚，
在拍岸涛声里，
在众目所瞩中，
着彩霞的东方明珠。

回看身侧，

---

① 外白渡桥，上海市苏州河桥梁名。

草木流芳，
铁桥伟岸，
历尽沧桑。
咫尺矗立的纪念碑，
记录着英雄的业绩，
潺潺流动的河水，
讲述着百姓的往事。

浦江的钟声响起，
穿越满目琳琅；
灯火阑珊处，
倾听岁月流淌。
人声嘈杂间，
寻觅真情往事；
万籁俱寂里，
似有乐曲回荡……

2021 年 3 月

黄沙

黄沙漫卷，
连丘流动，
古城消逝，
长空变色。

千年祈愿，
万古迷思，
塞上风云，
潇潇蔽日。

雄关巍峨，
屹立累年；
飞檐拱月，
真气弥漫。
凭栏远眺，
山岳绵延；
胸怀激荡，
古今心间。

我拂去衣裳的尘埃，
我凭吊久远的情怀。

一阵晚风吹过，
雕鸣划掠豪迈。
沧海桑田，
壮志仍在；
心念悠悠，
陈词慷慨！

2021 年 3 月

星球

星球远去，
披覆着深邃的外衣，
轨道悠远，
续写着宇宙间的凄迷。

你那棕色的面庞，
宏大悠远，
宁静的外表下必也有风暴侵袭。
你那岿然的身躯，
不动毫厘，
分秒须臾间却已经驰骋万里。

恒星璀璨，
迷思久远，
在光影间移动徐徐；
行星弥散，
在冥冥网络中，
挥手相舍却也从未远离。

星球远去，
你的思想，

幽深渺远静谧；
星球远去，
你的身姿，
魁伟恢弘有力。
你与人类的遥想相别，
你与宇宙的真理相接，
须臾万里，
光影明灭……

2021 年 3 月

月牙河①

早春时节，
桃花俊秀；
月牙河畔，
风中小楼。

青春不再，
绿水长流；
落英婉转，
可寄情愁。

夕阳西下，
留恋在戴蕊枝头；
清风徐来，
愈感形容消瘦。

偶见一行征雁，
敏于世间风候，
展翅志存高远，
似也惘然回首。

---

① 月牙河，天津市河流名。

水潺潺，
映小楼，
桥头忽见，
花草间丹浓翠透。

2021 年 3 月

公交车站

公交车站里，
稀稀落落的人群，
焦急地，
或者闲适地，
等待着各自的公交车。

年轻人，
紧握着手机，
准确地掌握着车辆抵达的时间；
老年人，
仰望着天空，
并不在意等待的光阴。
然而，
他们的脸上，
除却喜悦与不悦，
似乎都有几分迷茫，
不知自己的汽车，
到底开往何方。
一个孩童，
欢快地跑过，
在车站前，

认真地停下，
将一个遗落的烟头，
捡起，
放进垃圾桶。
天上的云朵漂移，
太阳露出半张脸，
将几缕光线，
投射在这公交车站。

在这早春时节，
路旁的桃树，
挂满了微红的花骨朵，
星星点点，
羞涩、希冀，
似乎在回忆着什么，
或者思考着什么，
抑或并无所思，
只是单纯地、
朴素地，
在公交车站旁，
勾画出一幅，
极简的画作……

2021 年 3 月

快餐店

快餐店的窗前，
来往的人群匆匆忙忙，
怀揣着各自的心事，
家庭、事业，
待洗的衣物和翻飞的课本。
幻想中的高山，
白雪皑皑，
在日光下闪耀，
重重山岭间的寺院，
以及飞翔的雄鹰，
传递着深邃的信念。
红灯亮起，
思绪戛然停顿，
幻象纷飞弥散，
人群止步，
汽车疾驶，
楼宇间的市井气息，
在耳目间升腾。

汉堡、炸鸡和可乐，
满足着尘世众生的口腹。

托盘来回传递，

菜单随意弃置，

纸盒、纸杯和包装袋，

肤浅、平庸，

遗失了意义的深度。

窗外的环卫工，

仔细地打扫着街道，

认真地捡走了一片纸屑；

窗内的思想者，

神色凝重，

沉默不语，

想象着如何洒扫天下，

蓦然回首，

却发现，

浅显、琐碎与喧嚣，

与深度的意义不期而遇。

2021 年 3 月

怀念

怀念，怀念春天，
刚刚萌芽的青草在青黄相接的原野上蔓延，
蔓延的是一种颜色，是一种情感，
是一种在幻想的湖面上泛起的微澜。
插上双翅的白马在山谷与山巅间游走，
在白雪与白云间回环，
羽翼间裹挟着清风，
头顶上熠熠生辉，戴着光环。

怀念，怀念童年，
在青草与青春间玩耍，在红花与红楼间留恋，
爸妈的批评，老师的表扬，
一场场没有结局的争长论短和语畅歌欢。
征雁向往着南方，
和煦的冬风和写着诗句的湖边，
土壤里的蚯蚓，花草间的蚂蚁，
想念中大海上的点点白帆。

怀念，怀念故乡，
河水在梦幻中流淌，山峦在河水边延绵，
岸上的芦苇，抚慰着夕阳，

摆动的倩影，晚霞、虫唱和摇曳的心弦。
小城的车鸣，
讲述着生活，抱怨着劳累，与楼群相连，
熙熙攘攘的人群，
有步履蹒跚，也有舞态翩跹。

金色的往昔，
徜徉至当下，闪光点点，水流潺潺，
怀念中的世界，
萦绕胸怀，丝丝缕缕，情态万般。
往昔就像泉水，
滋润着当下，让人留恋，
而当下才是自然最心爱的创造，
它就像明珠，回照过往，清辉向前……

2021 年 3 月

古园的风

古园的风，
夹裹着花香，
穿梭在亭台轩榭间。
她把一片柔情，
融化在波心，
颔首的芭蕉下绿影连连；
她把如缕的烦愁，
托付给纷飞的柳絮，
吹度了几百年。

那些年，她在塞外踯躅，
也曾目睹金戈铁马、刀光剑影，
低掠过雄奇的高山和萧索的荒原；
那些年，她在中原徜徉，
也曾伴随人生鼎沸、攘攘熙熙，
轻拂过辉煌的帝都和郁郁的青田。
她经历过一切，
她见证过所有，
苦涩的承受、豪迈的扬鞭，
冷落的门庭和千里的长筵。
然而她最终留恋于此，

不为玉砌的雕栏，
也不为杯盏的交欢，
只为那花影下的细流，
汩汩吟诵着书页间的诗篇。

徜徉在游廊，
回味着光阴，
举目是池水、游鱼和荷叶田田。
古园的风，
与皓月的清辉相伴，
在静谧的溪水上拂起笑靥，
荡漾着心弦；
古园的风，
与翠竹的倩影相依，
在低吟的琴瑟处寻觅知音，
倾诉着前缘……

2021 年 3 月 29 日

高原上的湖泊

高原上的湖泊，
碧浪万顷，
徜徉在山巅。
时间在你的鳞波中凝固，
日月在你的光影里轮回，
山水间烟云浩渺、点点白帆。

高原上的湖泊，
扬手触摸着空中的流云，
婉转的流云投下倩影，
嬉戏在朵朵浪花之前。
群山巍峨，
脊背高耸，
白雪皑皑，
绵延在水天之边。

湖侧的草原，
像湖水一样广阔，
飞驰的骏马，
就像绿水上的波澜。
金黄的野花，

时而稀疏有致，
时而细密无间，
她们蔓延至远方，
伴着微风舞动，
把一片柔情，
谱写在牧马人的心田。

2021 年 3 月 29 日

D 第二辑

DIERJI

旧体诗

雨后牡丹

云散牡丹开，
朵朵红玉琢。
花浓人间彩，
雨降上天泽。

1998 年 5 月

雨后古园

霁空昨夜新雨行，
花簇楼台春草明。
几只舞莺鸣天籁，
一泓清流漾古情。

2000 年 3 月

思乡

少时客居辞桑梓，
思乡深处情何慨！
苍天亦作悯人泪，
细雨纷纷入我怀。

2002 年 9 月

望长江

青山叠苍翠，
红日抚平流。
云边有帆影，
皎皎泛江头。

2002 年 9 月

忆童年

云淡清风往，
天寂月华流。
多少童年事，
相忆在今秋！

2002 年 9 月

春朝

云淡归山远，
水静入潭深。
岸边柳依依，
三两浣纱人。

2003 年 3 月

春溪

三月天净舞飞燕，
乡间草碧跳鸣蛙。
红杏枝长入涟漪，
粼粼细波浴春华。

2003 年 4 月

晚江

微风拂玉柳，
满月漾平江。
林中传私语，
窃窃伴花香。

2003 年 4 月

月夜

月寒停北梢，
木老仝南桥。
几度蒲英洒，
飘临至远郊。

2003 年 11 月

山间

泉流静山色，
鸟鸣动林光。
牧童把翠笛，
曲短余韵长。

2004 年 3 月

春日抒怀

细雨纷纷润新蕊，
和风款款吹玉英。
几度春风思往事，
漫卷诗情入画屏。

2004 年 5 月

雅聚

古瑟飘音萦玉葩，
高朋雅聚享醇茶。
亭台轩榭亦知韵，
错落高低相问答。

2005 年 5 月

丽江

雨过丽江芳草坪，
由是折转往东行。
人言此间春所归，
撷与江南慰离情。

2005 年 6 月

晨景

阶旁草稀戴白露，
篱外槐茂披红霞。
雏燕方醒唤母归，
炊烟起于千万家。

2005 年 6 月

秋夕

圆月如白玉，
清辉似素纱。
秋夕萤火闹，
一夜桂花发。

2005 年 9 月

中秋

多少烟云过，
今岁又中秋。
上淌银河水，
下萦作客忧。
虫唱不及此，
月华转廊流。
偶有清风来，
款款愁怨休。

2005 年 9 月

伤别

千里长棚别筵散，
黄草漫漫北风寒。
遍擦不去孤萍泪，
九重青冥顿流霰。

2005 年 11 月

茫茫连山

茫茫连山生雾霭，
金秋白露去复来。
寂寥西风又吹度，
传情递怨菊花开。

2005 年 11 月

寒月临江

寒月临江近五更，
霜天一片待潮生。
夜阑不减北风力，
松柏和鸣满山城。

2005 年 12 月

青山写意

青山写意流云远，
绿水传情柳拂波。
蓓蕾点点添春趣，
忍俊含香愈婀娜。

2006 年 4 月

离情

玉人抚窗抬望眼，
青丝掩映泪潸然。
绿水年华不谙事，
离情万缕更何堪？

2006 年 4 月

满岸春花

满岸春花照春水，
遍野禾黍连阡陌。
新燕玲珑相嬉戏，
飞向云间南天阔。

2006 年 4 月

绣蝶

香满庭院藤绕廊，
夏虫嘶鸣夏草长。
蝴蝶有意漫飞舞，
随针化线落衣裳。

2006 年 7 月

天光点翠

天光点翠碧荷展，
湖水凝丹红莲开。
芦苇连动鹭鸶起，
夏风吹得玉波来。

2006 年 7 月

游鱼

柳影依依风欲语，
波光脉脉水流情。
寂寞游鱼解人意，
摇鳍往来弄青荇。

2006 年 7 月

乡间

柳叶依依偎和风，
炊烟袅袅起村落。
绿水情缘碧天恋，
鲤鱼嬉戏燕穿梭。

2006 年 7 月

红尘泪

一缕红尘泪，
飘洒至小河。
微风撩莲藕，
摇首念秋波。

2006 年 9 月

念友人

踯躅长亭侧，
薄暮鸟雀欢。
而今念老友，
秋水望连山。

2006 年 9 月

田家

芳林十里馨无涯，
溪水流转至田家。
村旁黍稷结实早，
风中倩影沐月华。

2006 年 10 月

望江怀古

南观东逝水，
烟气伴芦蒿。
缭绕千秋事，
悠悠至六朝。

2006 年 10 月

远游

自古远游客，
悲秋多苦颜。
残风凄雨里，
枯叶落花间。

2006 年 10 月

咏月

佳节独庆意无聊，
梦里梦外思缥缈。
多情秋风摇秋叶，
羞月撩云愈多娇。

2006 年 10 月

山中

群山漫漫萦往事，
旻天一片锁情愁。
几多年华几多梦，
云来雾往欲白头。

2006 年 10 月

秋夜

月寒清辉逝，
原荒意朦胧。
蒲英贪玩乐，
婉转就秋风。

2006 年 10 月

湖畔抒怀

昨夜徐行云水间，
三潭印月共星天。
玉风满载诗情至，
慰我清心又一年。

2006 年 11 月

悲秋

衾寒梦醒雁声残，
泪下不禁心黯然。
我望长天秋瑟瑟，
梧桐颔首雨连连。

2006 年 11 月

秋江

云天雾几重，
瑟瑟起江风。
星落连渔火，
飘岚秋夜中。

2006 年 11 月

梦李白

昨夜至唐朝，
盛世多喜颜。
酣宴映霓虹，
笙箫连管弦。
众士欢愉处，
唯白独黯然。
举杯对升平，
声声肺腑言。

吾心如秋叶，
飘临人世间。
情断苍冥远，
遗恨如涌泉。
遥思穿雾霭，
度重渊，
往事付流年，
长吁达江海，
荡群峦，
来事更无端，
忘却腾达意，
但游天水边。

悠悠，
拨浮云，
见连山……

2006 年 11 月

初春

余冬时节寒犹在，
朦胧绿意尚徘徊。
一夜春风诉往事，
伤情拂尽百花开。

2007 年 3 月

连理枝畔

连理枝畔碧溪水，
鸳鸯雅致共瞻观。
虽有清心如明月，
和风款至亦微澜。

2007 年 4 月

三月

碧天云淡掠溪头，
柳绿初萌曼舞柔。
春满珠帘萦往事，
红花数朵忆情愁。

2007 年 4 月

远山

远山连翠碧水遥，
红日红霞相映娇。
盛景千里烟波上，
士子寸心亦浩渺。

2007 年 4 月

碧塘

啾啾黄雀扑飞絮，
熠熠碧波漾柳阴。
寂寞游鱼竞远望，
何方春风朗朗吟？

2007 年 4 月

瀑布

仰望瀑布落溪涧,
大珠小珠出白练。
大珠晶莹缀繁花,
小珠飘逸春拂面。

2007 年 4 月

春景

瑞雪销融冰河开，
新燕纷飞衔泥来。
经寒杨柳方吐翠，
含羞蓓蕾欲释怀。

2007 年 4 月

夜莺

清风徐徐水泠泠，
明月朗朗照夜莺。
翡翠身姿金玉嗓，
一曲哀怨一曲情。

2007 年 5 月

赤壁

江水滔滔碧波连，
晨星寥落秋夜残。
沧海桑田三千载，
梦里春秋一万年。

2007 年 6 月

晴天

晴天无瑕拭流云，
投影碧溪抚玉琴。
扶风荷叶半懵懂，
颌首莲花更解音。

2007 年 6 月

念乡

故土迢迢思绪间，
秋山红叶带愁颜。
梦中汩汩滦河水，
亦幻亦真遥挂帆。

2007 年 6 月

初夏夜泊

夏夜泊船近姑苏，
翡翠枝条点玉湖。
月华轻泻影浮动，
微风婉转柳扶疏。

2007 年 6 月

翠竹

翠竹无心拨流水，
清溪有意怀落英。
明眸咫尺默含泪，
雁声幽远更传情。

2007 年 6 月

暮柳

春风有意抚暮柳，
碧水情思寓鳞光。
鸟语啁啾客难解，
手掬清流念故乡。

2007 年 6 月

夏夜

夜影绰约姿多娇，
情长无限晚风撩。
银光缥缈萦天路，
笛声婉转至玉桥。

2007 年 6 月

槐下

仲夏时节日炎炎，
纳凉槐荫听鸣蝉。
叶影班驳弄闲趣，
怠眼迷离溯流年。
群童嬉戏追蝴蝶，
老叟拄仗露笑颜。
落花依稀如细雨，
惹得熏风相爱怜。

2007 年 8 月

咏荷

荷姿窈窕沐晴光，
仲夏时节香碧塘。
玉叶承珠旁侍立，
芙蓉照水正梳妆。

2007 年 8 月

古苑

牵线纸鸢飞古苑，
祖孙同戏乐天伦。
咿呀儿语能添趣，
鸟啭啁啾更解春。
古木悬铃尤瘦劲，
朝花含露愈芳醇。
微风抚柳枝飞转，
玉影金光杂翠纹。

2007 年 4 月

月夜思

蝉声依稀桑梓间，
飞檐翘首对静天。
疏枝掩映月不动，
默默神伤黯婵娟。
古今憾海几多泪，
明月心中未了缘。
银辉漫漫恨无涯，
抚今追昔意缱绻。
玉关萧萧朔风起，
孟女塞上哭城垣。
西湖凄凄残月升，
素贞塔下恸千年。
沧海滔滔腾巨浪，
神秀幻化育桑田。
桑田养人难长久，
千载轮回又流川。
回望千秋迷月，
虽有情真意笃，
怎奈世事常迁！
呜呼哉，
心忧愁，
泪潸然。

2007 年 6 月

秋词

秋雨连绵池水浑，
夏荷零落梗枯存。
竹间凄雨低声诉，
吹入心扉沾泪痕。

2007 年 11 月

往事

往事如风又似烟，
心头纷至遂难眠。
向天遥望见明月，
君若相知心亦酸。

2007 年 11 月

春问

我等何能得性灵？
芳菲有惑问黄莺。
春风作笔蘸七彩，
绘向人间美画屏。

2008 年 3 月

武侯祠

丞相祠堂古柏间，
长存浩气摄群峦。
草花繁盛陪忠骨，
鸟雀啼鸣度蜀山。
羽扇纶巾谋帐幕，
金戈铁马满营盘。
虽逢运蹇难宏业，
德冠群贤当仰瞻。

2008 年 4 月

三月行舟

三月行舟洞庭上，
桨声轻灵过玉桥。
意蕴朦胧天水间，
烟波开阔亦虚渺。
春风万里归征雁，
青山一线唱渔樵。
吾爱碧波常垂钓，
雨后风光愈多娇。

2008 年 4 月

春怨

如梦繁花萦玉人，
忧心无度泣红尘。
春风年少不相解，
依旧嬉戏吹泪痕。

2008 年 4 月

雨后

夜来好雨乐东风，
桃李怡然望霁空。
园鸟啁啾添乐趣，
枝桠着翠戴春红。

2008 年 5 月

清泉

瀚海绿洲寓清泉，
煜煜金辉情意连。
碧波留得春风影，
亦笑亦颦现楼兰。

2008 年 5 月

宴游

群儒博雅同宴游,
扶风吟月咏春秋。
醉意朦胧付琴瑟,
诗情如水花间流。

2008 年 5 月

灯盏

灯盏玲珑成巧工，
深闺怜尔夜披红。
窗前月色甚高远，
不比帷间光艳浓。

2008 年 8 月

垂钓

西郊垂钓甚优游，
水草无争随缓流。
手把长竿听鸟雀，
但觉气爽不知秋。

2008 年 9 月

瀚海

瀚海无涯白日长，
清泉隐没草枯黄。
楼兰蜃影迷前路，
沙卷连天漫感伤。

2008 年 9 月

高照艳阳

高照艳阳长释怀，
玉人撑伞彩云开。
凭栏遥望熏风里，
手把阴凉入梦来。

2008 年 9 月

梦山

梦里神游登玉山，
绫罗环聚满绯天。
攀岩转径抚青草，
整佩正冠听涧泉。
度险排难凌至顶，
云深雾重笼荒原。
感天老泪成甘露，
落下重巅化万田。

2008 年 10 月

怀古

秋风瑟瑟渡鸦喧，
落日凝辉万山连。
萧声悠远秦关外，
孑然孤影望长烟。

2008 年 11 月

寒江

寒江寓迷霭，
秋水透离愁。
寄情千山外，
洒泪黯低头。

2008 年 11 月

咏秋

西风慷慨迷秋叶，
彤天一片漫情衷。
青山有限承我意，
岁月无穷寄后生。

2008 年 11 月

晚春

吴风有意越溪长，
造化春妆连翠篁。
碧玉枝头黄雀戏，
桃花开过水流芳。

2009 年 5 月

春游

三月桃花盛，
青春展画幡。
和风牵笑语，
细雨润朱颜。

2009 年 5 月

青萍

青萍漂转梦依稀，
水月迷天幻彩霓。
往事流光时隐现，
虫鸣百啭万星移。

2009 年 5 月

咏季组诗

题春舍

木荣林郁春景长，
莺啼连绵萦梦乡。
鸣禽本是率真性，
亦解缱绻悟衷肠。

题夏潭

夏风流转碧潭畔，
游鱼移步清草间。
鳞光闪烁似有意，
红莲颔首更多缘。

题秋岸

重云惨淡秋草衰，
波光渺渺箫声来。
风吹落寞牵远思，
花落婉转连入怀。

题冬园

瑞雪弥天过细蕊，
枝桠满园梅香遥。

内含红妆千般媚，
外展素颜万重姣。

2010 年 6 月

情天

情天无限绿水长，
款款婉转延落芳。
人生缱绻几多梦，
红尘滚滚意茫茫。

2010 年 6 月

碧溪

萍水无猜，
波光往来。
游鱼无忌，
磷光相排。
转昏接暮，
群星比目。
娇月临凡，
飘渺无路。
童龄有梦，
颠踬而来。
佳人细语，
留恋君怀。

2010 年 6 月

梦海

愁情漫漫兮诗飞扬，
上达灵霄兮弥四荒。
恍见屈子兮迷其意，
举望沧溟兮悟其章。
四海幻化兮觉乎远，
海石转移兮玉州茫。
扁舟独驾兮细如粟，
忧及万民兮义亦张。
扶摇难溯兮青冥底，
沉情不至兮碧澜疆。
群魔乖戾兮神不顾，
涕下不止兮海天长。
抉海珍兮以为符，
召众灵兮延众长。
运斤斧兮绝长昧，
奠海山兮为津航。
津不成兮航莫启，
厦倾圮兮腐雕廊。
风云起兮忽色变，
林零落兮草衰黄。
云霓腾兮大夫现，

华篇诵兮泛彩光。
造化行兮渺其端，
世众碌兮死生茫。
五行划兮幽冥里，
凡力岂妄废其常！

2010 年 10 月

夕溪

荷叶翩跹流朝露，
纤纤细手弄白莲。
轻风拂动溪边柳，
情愫满天忽盈卷。
一片诗荫接红霞，
丹绫拂过玉人颜。
夕照微波连远路，
炊烟余韵茅舍边。

2010 年 10 月

梦天

昨夜因梦至宇巅，
乘风御气披霞光。
蓬莱仙者不余见，
五行颠沛晦阴阳。
一片丹心寄海内，
九州烟火遥玉廊。
云雾重重连千里，
碧海迷珠何处藏？

2010 年 10 月